KB099417

창비시선 80

서 홍 관 詩 集

어여쁜 꽃씨 하나

창비

# 차　례

## 제 4 부

## 제 5 부

# 서　시

들길에서

어린 시절에는
아무도 피워보지 못한
크고 아름다운 꽃을
꼭 한 송이만 피워내리라
다짐했으나

이제 세월 흐르매
나의 손길 닿는 곳마다
여뀌꽃과 패랭이꽃과 달개비꽃들이
들판의 도처에 도처에 무리져
이미 피어 있음을 본다.

# 제 1 부

# 어여쁜 꽃씨 하나

병실 유리창 밖으로 눈이 내립니다.
그리고 소아병동에서는 강원도 화천에서 왔다는
네살짜리 어린아이가 죽었습니다.
금강산댐 대응댐이 세워진다는 그곳에서
화천보건소와 춘천병원을 거쳐
여기 서울대학교 병원까지 찾아온 아이는
줄곧 산소호흡기의 물방울처럼
숨가쁘게 뽀글거리더니
의료보험카드도 없고 의료보호증도 없는 아빠가
돈 챙기러 집에 간 사이에
그만 한세상 숨이 멎고 말았습니다.
잠시 후 하얀 포에 싸인 조그만 아이가
울부짖는 엄마를 데리고 영안실로 내려간 뒤
병동은 아무 일도 없었던 듯 조용해졌고
스팀이 따스한 병원 안에서 나는
무슨 영화 속에서처럼 눈 내리는 창밖을 바라봅니다.
그 아이는 너무 늦게 왔다고 다그치는

담당주치의 목소리를

들었는지 못 들었는지

우리나라 결핵약 수준은 세계수준이란 걸

알았는지 몰랐는지

질척거리던 거리와 병원 앞 시계탑에도

이제 눈이 쌓이기 시작합니다.

한강에서 하릴없이 떠돌던 유람선은

산이 막히고 물이 막혀 화천에서 발버둥치던 아이를

북한강물 따라 싣고 올 수는 없었던 것인지

바람도 없이 내리는 눈송이 맞으며

우리의 어여쁜 꽃씨 하나

결핵성뇌막염으로

이 나라를 영영 하직하고 말았습니다.

# 콩새 울 무렵

아버님은 말씀하셨지.
인생은 길어 보여도
삶의 결단은 순간에 달려 있다고
일분 일초가
너의 인생의 전부라고
만나는 풀 한 포기 돌멩이 한 개도
소홀히하지 말라고
콩새 울 무렵
뒷산에 자갈밭 고르시면서
아버님은 말씀하셨지.

어머님은 말씀하셨지.
서로 사랑하기에도 부족한 세상
너희들은 미워하지 말라고
옳은 말 하기에도 빠듯한 세상
거짓 된 말로 세상을 속이지 말라고
너의 인생 귀한 줄을 깨달았을 때

세상 사람 귀한 줄을 알게 된다고
배추밭머리에서 김매실 때면
이마에 송송 어린 땀 훔치시며
어머님은 몇번이고 말씀하셨지.

# 네잎클로버

## 1

　서울대학교병원에는 조그만 공원이 있었습니다. 잔
디밭 사잇길로 산책을 하는 사람들도 있었고, 무슨 알
수 없는 서러운 사연을 안고 구석 벤치에 앉아 숨죽여
울고 가는 사람들도 있었습니다. 헐렁한 환자복을 입
은 꼬마환자가 로보트를 사 들고 아빠 손을 잡고 찾아
오는 모습도 자주 볼 수 있는 풍경이었습니다.

## 2

　어느 해 여름 의과대학생이었던 나는 우연히 잔디밭
에서 네잎클로버를 찾아냈습니다. 반갑게 수첩에 꽂아
두려다 문득 이곳을 찾아오는 수많은 고달픈 사람들을
생각해냈습니다. 나는 이 조그만 행운의 상징을 보다
많은 사람들이 볼 수 있도록 곱게 두고 돌아왔고, 그
뒤로 오며가며 그 네잎클로버를 찾아보는 일은 나의

즐거운 시간이 되어주었습니다.

3

그해 가을. 플라타너스 이파리들이 굴러다니던 공원
지대에 공사안내판이 붙더니 포크레인이 사정없이 그
일대를 파헤치기 시작했고, 몇 년 뒤 그 자리에는 7층
의 커다란 소아병원 건물이 들어섰습니다. 그로부터
서울대학교병원에는 건물 사이사이마다 주차장과 아스
팔트 길만 사방으로 널려 있을 뿐 네잎클로버를 찾을
만한 곳도, 네잎클로버를 찾는 사람도 이젠 아예 없습
니다.

# 민들레 1

민들레는 풀 이름이 아니고
사람 이름입니다

민들레는
생후 19일 된 여자애였는데
조막발로 태어난
배냇병신이었습니다

부모가 내다버려서
고아원에 입양되었는데
원장이 성을 민, 이름을 들레라
지어주었답니다.

국립의료원 정형외과에
입원해 있으면서
엄마 대신 예쁜 간호원들의 품에 안겨
귀여움도 받고 있었지만요.

체중은 2.8킬로그램밖에
안 나가는 게

무슨 풀피리 소리 같은 울음을
자꾸만 울어대고 있었습니다.

# 민들레 2

들레야 !
벌써 다섯살이 되어 있을 들레야
도리도리 짝짜꿍 대신
쑥부쟁이 나숭개 개똥풀 이름부터
배웠을 들레야.

병신 딸이라고 너를 내다버린
에미 애비를 원망할 것도 없고
외롭다고 이 세상을
슬퍼할 것만도 아니다.

이제 네가 바라볼 것은
늦겨울 파릇하게 자라나는 보리싹과
봄날 강언덕에 지천으로 피어나는
들쑥무더기 같은 것들이니

어른들이 성한 발로도

제대로 딛지 못해온 이 땅을
너의 조그만 병신 발로도 얼마든지
탄탄하게 딛을 수 있다는 것을

붕— 붕— 붕—
민들레 꽃씨 날리며
새봄에 나에게도 보여다오
들레야 !

# 민들레 3

아내에게

봉천동 더러운 실개천에도
연립주택 앞
먼지 앉은 공터에도
민들레가 피었다고
새벽 물안개 자욱하게 숨쉬던
고향의 들길 생각하며
민들레.

갓 돌 지난 아이에게
조선의 민들레 보여준다고
매일매일 업고 나가
민들레 씨앗 분분히 날려보내며
거친 세상 바르게 살라고
민들레.

이 세상 어느 곳에 버려진다 해도
민들레 길고 곧은 뿌리처럼

이름없이
굳세게 살고 싶다고
야윈 얼굴에
쨍쨍한 봄볕 받으며
민들레.

# 송면이가 떠나가요

아버지 !
송면이는 가요
저 어린 시절 고향의 타는 듯한 붉은 들길
하얗던 메밀밭을 뒤로 하고
가없는 저승길 주먹 쥐고 떠나가요.

지금껏 살아온 세월이래야
열다섯 해 오 개월
무엇이 옳은지 그른지도 잘 모르던
만 열네살에 공장에 들어가서
두 달 만에 수은중독에 걸려
남들은 학교에 가서 재잘재잘 공부하던 시간에
한 많은 이 나라를 떠나야 했어요.

야간공고에 보내주는 좋은 회사가 있다기에
친구들과 밤새워 상의한 끝에
서울로 올라왔지요.

낮에는 일하고 밤에는 공부해서
개미처럼 벌어서 착하게 살려고 했는데
무지개처럼 길게 피어오르던 꿈을
몸서리치는 악몽으로 바꾸어
이 땅을 하직하려 하니 발길이 떨어지지 않아요.

이 나라 근로기준법 51조에는
저 같은 어린 소년은 유해한 작업장에
일을 시킬 수 없게 돼 있다면서요
이 나라 산업안전보건법에는
유해한 작업장에서는 안전관리자를 두어 환경측정을
하고
작업장에 배치되기 전에는 사전에
안전교육을 받아야 한다고 돼 있다면서요.

그리고 이 나라에서는
세계인의 축제 올림픽을 연다고

총경비 2조 4천 4백억원이나 들여서
외국선수들 숙소에는 냉난방과 오락시설까지 갖춰놓
고
우리 산업근로자들의 작업장에는
배기시설 안전설비도 안해놓고
수은을 먹건 카드뮴을 먹건 내버려둔다면서요.

그러다가 중금속에 중독되면
산재보상도 안해주면서 시간을 끌다가
집도 팔고 논도 팔고 지쳐 쓰러질 때까지
기다린다면서요. 이제 저는 알아요
저만 이렇게 죽은 것이 아니고
이미 수천 명이 아니 수만 명이
이런 식으로 죽어갔고
죽어가리라는 것을 알아요.

우리 회사 사장님은

서울은 매연이 심하다고 일요일마다
맑은 공기를 마시러 야외에 나가 골프를 치고
남의 자식은 수은증기 속에 가둬놓고도
제 자식은 한강물이 더럽다고
위생정수기로 물 받아 먹인다더니

제가 의식을 잃고 경련발작을 일으킬 때
진단서를 써준 의사한테 찾아가
수은중독이 아닌데
돈 먹고 써주었다고 행패를 부리면서
산재요양신청서에 도장 찍기를 거부했다니
누가? 무엇이? 이 사람을 이렇게 만들었을까요.

게다가 노동부는 한술 더 떠서
사장의 도장이 없다는 이유로
국립대학병원에서 발급된 진단서를 받아주지 않아서
빚을 얻고 소를 팔아 제 입원비를 대야만 했으니

돈도 돈이지만 얼마나 억울한 황소울음을
아버지는 시골 서산땅에서 우셨겠어요.

우리 공장 환경관리 책임맡은 어느 병원에서는
미리 연락하고 작업장에 찾아가
형식적인 검사를 하고는
나의 수은중독이 작업장 때문이 아니라고 결론지었
다니
그렇다면 제가 수은을 비밀리에
취미삼아 먹기라도 했다는 말일까요.
그 사람들은 자기들의 편리한 책임회피가
누군가를 죽일 수도 있다는 것을 알고 있을까요.

아버지 저기 멀리
제가 살던 서산땅 원북면이 가물가물 보이네요.
낮게 낮게 끊일 듯 끊일 듯 이어지는
조국의 산과 들도 보이네요.

감자밭, 수수밭머리에서 머리에 수건 쓰고
호미질하시는 어머니,
그리고 충격을 받아 뇌졸중으로
의식을 잃고 쓰러지신 아버지.

아버지 정신차리세요.
이미 팔아버린 소 세 마리가 중요한 것도 아니고요,
아버지의 귀한 자식 송면이만 중요한 것도 아니에요.
같이 서울에 올라온 친구들과
수많은 노동자들이 더 이상 희생당하기 전에
죽느냐 사느냐의 싸움터로 향해 쇠나팔을 불면서
진군할 때예요. 아버지!

# 넋 건지기

저에게 풀잎 하나를 건네주신다면
어머니! 제가 지구를 들어 보일께요


오늘은 기뻐요.
농약이 뿌려진 풀잎 사이에서도
어린 방아깨비가 곤히 잠들었잖아요.

이렇게 많은 벼들이
일렁이고 있어요.
지난 여름 홍수에 그토록 시달리고도
까실한 볼들을 장난치듯
내게 부벼대는 걸 보세요.

들길을 걷노라면
찰랑거리는 논물에는
물달개비 향기가 좋은데
잎잎이 붙은 물잠자리들이
달빛에 잠이 깰까 걱정되네요.

밤이슬을 털고 일어서는

개똥벌레의 불빛을 타고

나의 몸이 파르르르 떠올라가네요.

하늘에 별이 되어 따스하게 흐르네요.

## 분만장에서

이 험난한 시대에도 아이들은 태어난다.

수배당한 친구의 행방을 대지 않는 대학생이
서울 한복판에서 물고문으로 숨지는
남영동 앞 조그만 산부인과에서도
천둥벌거숭이로 사내아이들이 태어나고

주민등록증을 위조한 제적 여대생이
어둠 속에 성고문을 당하는
경찰서 취조실의 책상 위에서도
겁도 없이 여자아이들이 태어난다.

이 땅의 어느 산새 한 마리
들꽃 한 송이도
이 나라 산기운 물기운이 어우려져
생겨나지 않은 것이 없더니

찬비가 뿌려지는 11월의 새벽,
산모의 뜨거운 신음소리와
아이가 터뜨리는 최초의 울음소리가
비 젖은 아스팔트에 낭자하게 흩어지고

분만장에서 나는 듣는다.
아이의 떨리는 울음소리가
이 나라 산맥들이 되받는 함성이 되어
피두겁 속에 새로 태어나려는
고국산천에 메아리치는 것을.

# 겨울 때까치

때까치들이 겨울 들판을 날아다닌다.
노오란 탱자들이 매달렸던
복숭아 과수원을 지나
제지공장 폐수로 뿌옇게 변해버린
소양천 위를 날아다닌다.

그늘진 논이랑마다
늦장마에 쓰러진 벼포기를 일으켜 세우던
농부들의 분노와 한숨처럼
눈덩이들은
여기저기 함부로 널려 있는데

소양천변 쓰레기장으로 날아든다.
한 마리 두 마리씩 날아와 앉는다.
지난 여름 쓰레기장을 뒤엎었던 물빛 나팔꽃들을
이제야 다시 보자는 것일까
아니면 날더러 겨우내 쓰레기장에 묻혀 있다가

다가올 봄날에 나팔꽃 한 송이로
찬란하게 피어나라는 뜻일까.

살얼음 깔린 논바닥으로
시든 들국화 옆으로 날아다니며
회색빛 겨울 하늘에 까까까까 까까까까
하얀 눈송이나마 반가운 손님으로
가진 것 없는 이 겨울 들판에 부르자고 하는 것일까.

# 금주 선언

이제 술은 마시지 않기로 했다.
막걸리 몇 종발만 들이켜면
자유·민족·해방·통일 얘기야 기운좋게 해댈 수
있지만
몽롱하게 깨어나는 아침이면
찜찜한 불쾌감에 속마저 쓰리고
학교로 일터로 냉수 마시고 찾아가야 하는
이런 짓은 제발 그만두기로 했다.

휴전선 철책을 모조리 뽑아버리는 이야기,
횃불이 번져서 들불로 끝없이 타들어가는 이야기,
우리나라 지도를 만주 흑룡강까지 그리자는 이야기,
조선땅 원귀들 해원풀이하는 이야기,
이런 일들이 어디 술기운으로 간단히 될 일인가.
내일 다시 모여 술 한 동이를 비운다고 해서 될 일
인가.

이제 술은 마시지 않기로 했다.

맨정신으로 낫을 벼리고 쟁기질을 하고

곡식을 담을 흙그릇을 굽고

고추씨와 볍씨를 뿌려야겠다.

그놈의 벼가 언제 익어서

우리 배를 채워줄 거냐는 말은 당분간 못 들은 척하
고

긴긴 봄날 못자리 물꼬 보아가며 살기로 했다.

# 낫 날 봉*

지리산신께서
두루두루 푸른 옷깃을 펼쳐놓으시고
콸콸콸콸 힘좋게
골짝물을 흘려보내는 여름날,

남해의 섬 그리메 곱게 떠 있는
낫날봉 정상에다
어떤 철딱서니없는 것들이
三道가 이곳에서 갈리느니 어쩌느니
선을 쭉쭉 그어놓고
이쪽은 전북땅, 저쪽은 경남땅, 그쪽은 전남땅
팻말을 꽝, 꽝 박아놓았으니

아무런 흠집 하나 날 리 없는
지리산 산기운 대신
산을 사랑하여 찾아든
산사람의 마음이 찢기우다.

* 낫날봉은 봉우리가 낫날처럼 뾰족하다고 해서 붙여
진 이름으로서, 일명 날라리봉이라고도 불렸는데 수
년 전부터 행정상 공식 명칭이 三道峯으로 바뀌었다
고 한다.

# 유 준 철

간밤에 네가 병실에서 도망쳤다는 말을 듣고
신문조각만 뒹구는
너의 빈 침대에 걸터앉아
아픈 배를 움켜쥐고 병원을 찾아오던
열흘 전의 너를 생각한다.

열아홉살 막노동판 초년생인 네가
단돈 천삼백원을 들고
이 거대한 병원에 찾아들었을 때
접수조차 하지 못한 너를
병원에서는 거들떠보지도 않았었다.

위장이 터진 너는 살려달라고 발버둥을 치는데
파출부로 일 나간 어머니는 연락이 되지 않고
학교에 간 고1짜리 동생이 어떻게
수술보증금 30만원을 챙겨올 수 있을까?

혈압이 떨어지면서 위급해지는 너를
수술장으로 옮겼을 때
원무과 도장이 없이는 마취를 해줄 수 없다고
마취과장은 방으로 들어가버리고
수술장 자동문은 굳게 닫힌 채
높고 높은 철벽이 되고 절망이 되어
우리들 앞을 가로막았다.

급기야 외과과장과 내가 보증을 서고
자필 수술승낙서를 들이대어
응급수술이 시작되었고
터진 뱃속이야 꿰매줄 수 있었지만
젊은 놈의 목숨보다
원무과장 뿔도장이 중요한 세상에
살고 있다는 것이 너와 나에게
씻을 수 없는 깊은 상처로 남아 있구나.

병실 창문 밖에서는
어젯밤에도 어떤 선량한 사람들을
소리없이 해치웠을지도 모르는 도시가
청소차로 뒷골목을 부지런히 치우면서
말짱한 얼굴로 웃고 있고

초겨울 아침 햇살이
나의 이마에 시리게 부서지면서
밥과 국물을 동생과 나눠먹기 위해
공사판에서 땀흘려 일해온 유준철이
자기 목숨을 부지하기 위해서는
앞으로 얼마나 더 많은 세월을
빌거나 도망쳐다녀야 하겠느냐고
차갑게 다가서며 묻고 있다.

# 하늘이 내신 아이들

두살짜리 아이가
담벼락 밑에 기어다니는 개미를
손가락질하면서 따라다니고,
학교 운동장 너머로 고개 내민
해바라기 큰 얼굴을 보고 좋아라 하고,
밤하늘의 달을 가리키며
뭐라뭐라 소리치며 자라는 것을 보면
아이들은 부모가 낳아서 기르는 것이 아니고
역시 하늘이 낳아서 기르시는 것인가.

우리는 하늘이 내신 아이들이
해와 달과 별과
사람과 꽃과 나무를 이 땅에 함께 내신
하늘의 크신 뜻을
알아나가는 모습을
오히려 조금씩은 비켜서서
가만히 가만히 우리도 함께 배우며
지켜봐야 하는 것은 아닌가.

# 제 2 부

# 사랑하는 아이에게

가톨릭 농민 신앙대회에서

사랑하는 아이야 !
산다는 게 수월치 않아서
산다는 게 간단한 구호 한두 가지와
인생의 경구 몇 가지로 요약돼 있지 않아서
내가 편지를 쓴다.

서로들 갈라선 이 땅에서
주인 노릇 똑바로 하기가 힘들어서
가을 하늘에 한점 바람 없이도
'농자천하지대본'
'농축산물 수입을 중지하라'
'소값 피해 보상하라'
성난 깃발들이 저렇듯 펄럭이는구나.

김제 들녘에서,
진안 산골에서,
부안 개펄에서,

모두들 모여들어 짚 한줌씩 말아쥐고
기쁜 일, 슬픈 일, 고단한 일, 즐거운 일들을
이리 비비고 저리 꼬아 큰 줄을 엮어놓고

징을 치고 설장고를 때릴 때 그것은
옛날 옛적 옛사람들의 소리가 아니라
우리의 밑바닥을 뒤흔들어
오늘 우리가 싸워야 할 것들과
머리 부딪쳐 싸우게 하는 소리더라

큰 동앗줄 메고
어기영차 떠났던 농군들이
최루탄 가스에 돌아와 눈물로 외치는
순교 성지 '숲정이'에서
오래고 힘센 징소리가 우리를 뭉치게 하여
더 굳센 길로 떠나게 하는구나.

사랑하는 아이야 !
우리 살아가는 일들이
한 껍질 벗으면 또 한 껍질이 있고
그 껍질 벗으면 또 한 껍질이 있음을 알게 되는
이 엄청난 대지에서 무릎꿇고
내가 편지를 쓴다

# 서울지방법원

비가 내리고
서울지방법원 구내식당에 들어섰다.
북적대는 사람이야 보는 둥 마는 둥
도시락을 꺼내어 묵묵히 밥을 먹는다.
한편에선 누구인지 법이니 질서니 목청을 돋우고
나는 참말 정의가 무어냐고 신념이 무어냐고
밥술이 목에 걸려 팍팍거리는데
식탁에 뭐가 놓여지면서 "잡수세요."
식당의 웬 아가씨가 국물을 놓고 간다.
"고마워요."
따끈한 무우 국물을 마시면서
세상은 이렇게도 따스하게 살 수 있는데
세상은 이럴 수도 있는 일인데
포승줄에 법정까지 서게 됐는지
어쩌다가 여기까지 와버렸는지
친구의 첫 공판날
봄비 저도 답답한지 유리창을 때린다.

# 장난감 총

"아빠! 무서워." 하며 뛰어들어오는
한이의 뒤로 동네 꼬마가
"따르륵 따르륵." 요란한 총소리를 내며
우리 아이를 겨누고 따라온다.

아무리 장난이라지만
총이 없어 도망쳐 다니는
우리집 아이가 안돼 보이기도 하고
장난감 총을 가졌다고 위협하고 다니는
옆집 꼬마가 괘씸하기도 하다.

아내와 나도 졸라대는 아이를 따라
장난감 가게에 갔다가
장난감 총을 만지작거리다가 아이를 달래
그냥 나온 적이 몇 번이었던가.

전쟁으로 얼룩져 있으면서

TV에서까지 날마다 쌈질이나 하는 나라에서
우리 아들까지 기관총을 들고 다니며
동네 꼬마들을 괴롭히고
엄마 아빠에게 총을 겨누게 할 수 있는 것일까?

그러나 지금은 실제상황!
군인들이 시민들을
수백 명씩 죽이기도 하는 이 나라에서
우리 아이가 동네 꼬마의 장난감 총에 놀라
훤한 대낮에 헐레벌떡 쫓기고 있다.

# 산수 공부

탈세 한번 하지 않고
방위세, 소득세, 주민세, 부가가치세
꼬박꼬박 줄줄이 세금을 냈더니 정부에서 그 돈으로
모 해운회사에 1조원이나 특혜융자를
부어넣었단 얘길 듣고
아침부터 신문 구석에다 산수 공부를 한다.

국사책을 뒤적여 계산해보면
삼국시대 초기에
주몽이 고구려 세우던 시절에 살던 사람이
한 달에 4천만원씩 한번도 안 거르고
이번 달까지 저축해도
1조원 채우기가 빠듯하다는 계산이 되고

더구나
대략 50~70만년 전에 지구상에 출현했던
시난트로푸스, 피테칸트로푸스 같은 원시인 중에도

하루에 10시간씩 일하고 월급은 고작 10만원씩 받는
원시인 노동자가 있었다면 그들이 야근까지 하면서
먹지도 않고 입지도 않고 꼬박 저축해서
1987년 5월 24일 오늘 아침까지 모은다 해도
1조원을 모으려면 앞으로도
25만년은 족히 더 살아야 가능하다는 얘기가 된다.

버드나무 꽃씨가 사방천지
어지러이 날리는 봄날에
지난달 전기요금이 8,945원이고
정부미 20kg은 1만 4천원이고
배추 네 다발에 천원 하고
지난 겨울에는 178원짜리 연탄을 550장 땠으니
9만 7천 9백원이 들었다고 기록돼 있는
가난할 것 하나 없는 우리의 가계부를 앞에 놓고
알 수도 없는 숫자를 늘어놓으며
오늘은 참으로 희한한 산수 공부를 한다.

# 괴        질

한반도는 지금 이상한 병을 앓고 있다.
아침이면 얼굴이 부석부석 붓고
밤에는 이상한 미열과 함께 잦은 기침을 하고
가래에 피가 섞여 나오기도 한다.
매연이 심해서 그런 것인지
양담배를 너무 피워서 그런 것인지
알 수 없다고 한다.
가슴은 앙상하게 메말라만 가는데
배는 올챙이처럼 튀어나와 뒤뚱거리고
누구는 혈액순환장애라고도 하고
누구는 호르몬장애라고도 하지만
그것만으로 모두 설명할 수는 없다고
애매하게 말을 맺는다.
원자력발전소에서는 수상한 불빛 새어나오고
어느 공장에서는 직원신체검사 결과로 나온
중금속과 유기용제농도를
캐비닛에 숨기느라 바쁘다.

어디가 잘못되어 생긴 병이냐고 따져 물으면
국가기밀에 관한 사항은
국익 차원에서 밝힐 수 없다고
입을 함부로 놀리지 말라고 밀어붙인다.

# 흙바닥에서

난 이 자리에 앉아 손으로
흙바닥을 쓸고 있다.
모래 같은 것, 진흙 같은 것, 또
콜라병 마개, 못, 지푸라기……
……골고루도 모여 있는
이 흙바닥을 쓸고 있다.

우리는 돌결과 같은 것이 되어야 한다고 믿은 적이
있다.
비와 바람에 못 이겨
바스러지기보다는 외려 그로 인해
자신의 모습을 새길 줄 아는
크낙한 바위
그 돌결과 같은 것이 되어야 한다고 생각한 적이 있다.

우리는 연기 같은 것이 되어야 한다고 믿은 적이 있다.
그리움처럼 피어나는 것

아무나 봐서 아늑해지는 것
그러면서 흔적도 없이 스러져가는 것
구질한 모습이나 악착한 목숨은
불기운으로 모두 쏟아버리고
부는 바람 따라 날리는
저녁 어스름 연기 같은 것이 되어야 한다고 생각한
적이 있다.

언젠가는 종로바닥을 아니
대한민국의 아스팔트길 황톳길 모두를
이렇게 손으로 쓸어야 한다고
믿은 적이 있다.

그런다고
무엇이 될 거냐는 생각도 했다.

그러나 어느 적엔가는

끝끝내 우리가 기댈 믿음마저 없다면
우리에게 남은 것이 무엇이냐고
오열처럼 물어봐야만 했었다.

내 여기 흙바닥에 앉아 있다.
허허로움을 면하기 위해서가 아니라
무엇을 잊기 위해서가 아니라
막막한 현실의 귀퉁이라도 붙잡기 위하여.

# 어느 땅의 무우 ?

　자연교육관이 만들어졌고 서울 사립국민학교 최주사
는 비닐 온상에 무우씨를 뿌렸다. 만경강의 아이들은
하교길에 책보를 끼고 노을을 밟으며 뛰어갔다. 점심
을 굶은 날은 무우 하나씩을 뽑아서 우두둑우두둑 허
기진 배를 채웠다. 자연실습 시간에 아이들은 무우를
관찰하면서 연보라색 무우꽃이 생각보다 예쁘다고 말
했다. 흙먼지가 이는 강언덕에 통통하게 알이 백이는
무우들이 있었고 남산 그늘 아래 여위어가는 무우들이
있었다. 시찰 나온 장학사는 시설 좋은 학교라고 칭찬
을 하고 돌아갔다. 발돋움을 하면 물줄기를 따라 바다
가 보일 듯도 싶었고 진봉부락 춘식이는 집에 가서 크
레용을 사달라고 졸랐다. 어떤 아이들이 일제고사에서
무우꽃잎이 다섯 장이 아닌 네 장이라는 걸 알아맞추
고 좋아하는 동안에 오매는 전주 남부시장에서 무우
몇 다발을 팔고 돌아오는 길에 크레용과 도화지를 샀
다. 강기슭에 안개처럼 파꽃이 허옇게 흐르던 날 도화
지는 만경강의 들판이 되고 크레용은 구름 자락이 되
어 여름 하늘처럼 팽팽하게 피어올랐다.

# 유언비어

구한말에는
소련놈에 속지 말고
미국놈 믿지 말고
조선사람 조심하라는
유언비어가 떠돌아다녔고

일제 말기에는
남대문에 가면
소가 스무 마리
박적이 두 죽
새가 세 마리 있다는*
유언비어가 돌았다는데

지금 세상은 어찌된 일인지
어떤 방죽이나 산 밑에는 어느 해 오월
젊은 사내들이 무더기로 묻혔다고도 하고
누구는 흑성산에 큰불이 나서

온 산을 밤새 태우기도 했다 하니

참 알 수 없는 일이다.

* 소화 20년(1945년)에 뒤죽박죽이 되어서 새 세상이
  온다는 뜻으로, 일제 말기에 떠돌던 유언비어라고
  한다. '박적'은 바가지의 전라도 사투리.

## 등화관제

모른다고 하라.
네가 눈뜨고 본 일을
끝내 모른다고 하라.
등화관제의 어둠 속이어서
한 길 앞도 분간 못한 채
먼지만 꿈속같이 일어
불 끄라는 고함소리에
이불 속에 엎드려 고개만 처박다가
입과 코가 막히고
눈과 귀가 가리어져서
누이가 도적에게 끌려간 것도 모르고
애비가 매맞고 피흘리는 것도 모르고
가까운 곳에서 들리는
신음소리 비명소리와
멀리서 다그치는
붉은 빛 구조신호를
어둠을 찢는 듯한 호루라기 소리에 기가 질려

아아 우리는 끝내
보지도 듣지도 못했다 하라.

# 망월동, 겨울, 개나리꽃

겨울바람은 아직도 차다.
방송에서는 태백산과 지리산 일대에
대설주의보가 내렸다 한다.

다시 찾아온
광주 망월동 묘역 입구에는
때이른 개나리꽃 몇 망울 피어
암술과 수술을 부벼대며
몰아치는 이 겨울을 이겨내고 있다.

북서풍 매서운 바람에 두 발이 얼어붙고
꽃잎이 위태로이 흔들리면
따스한 봄날 피어나지 못한 네가 안타까워
마음 아파할 사람도 많을 것이다.
그러나 다시 생각해보라.

이 어린 꽃망울들이 메마른 겨울바람에

제 몸이 얼어터지고 갈라지면서도
우리에게 천만 마리의 꿀벌이 잉잉대는
봄날을 예감케 하며
장엄하게 세월을 앞서가지 않느냐!

# 신채호 일기초 1

唐새알인 줄 모르고 품었다가
唐새 깨어나자 둥지에서 내쫓긴
조선새 운다. 조선새 울어.
노란 부리에
진눈깨비 쌓이는 줄 모르고
북만주 벌판에서 민들레 꽃잎 물고
조선새가 운다.

# 신채호 일기초 2

백두산 소나무로 초당을 짓고
천지 물 길어다 밥해 먹으며
역사의 귀퉁이에 호롱불 켜리.
천년 전 발자국도 일일이 밟아보고
광개토대왕비의 비문도 낱낱이 쓸어보며
멀리는 요동강과 흑룡강
가까이는 압록강과 두만강
물줄기 흐르듯 역사를 쓰리.
먹물로 지워진 새 나라의 역사를
손가락 깨물어 피로써 쓰리.

# 신채호 일기초 3

내 기다리리.
여순 감옥 창살에 기대어
이마에 흙먼지 얹히며 기다리리.
장백산맥 너머
북만주의 들까치가 나를
조선의 목소리로 깨우러 올 때까지
흑룡강이 수런수런
조선의 물줄기로 내 이마를 적셔올 때까지
역사의 강물에 내 오래오래
남아 있으리.

# 제 3 부

# 무 의 촌

선유도 보건지소에서


공동우물로 나가서
달밤에 목욕을 한다.
벌거벗은 채로
머리를 감고 비누칠을 하고
두레박으로 물을 길어
좌아좌아 헹궈낸다.
진찰은 성의껏 다했던가
귀찮다고 내가 볼 수 있는 환자를
육지로 보내진 않았던가
달빛에 시커먼 산그림자가
으스스하긴 해도
지나간 세월의 자리마다
북북 문질러대면
시원스럽게 때가 벗어지는데
미국에서 직수입한 신판 교과서대로
치료받지 않는다고
섬사람들을 얕보거나

짜증스럽게 대하지는 않았던가.
파도바람에 몸이 시려운 목욕을 한다.
구름 속에 달빛이 가물거릴 때마다
때없는 갈매기가 끼룩끼룩 울어대는
밀물의 바다를 보며
미리 막을 수도 있는 병을
내방쳐두지는 않았던가
돈을 받아내려고 없이 사는 환자를
괴롭히지나 않았던가
내 마음달부터 깨끗이 띄워야 한다고
섬마을 공동우물에서 목욕을 한다.

## 폐선과 아이들

오후만 되면 아이들은
갯가에 나와서 놀기를 좋아한다.

낡은 나일론 끈에 묶인 폐선에서
쿵쾅거리며 뜀박질을 하면
한쪽 모서리가 또 부스러져내리고
아이들은 부러진 노를 가지고
"엇싸" "어엿싸" 신나게 노 젓는 시늉을 한다.

벌건 녹물이 얼룩덜룩한 죽은 배가
살아 있는 바닷게의
좋은 집터가 되어주는
햇살 밝은 바닷가에서
어린 게 한 마리가 뱃바닥에서 기어나오다가
아이에게 붙잡히고

아이들은 알지 못한다.

새우 그물을 건지러 나갔다가
돌아오지 못했던 사람들과
방파제를 넘어 굼실대던 그 파도의 밤을
주룡이네 할머니의 까실한 주름살들이
왜 침침한 뱃그늘에 잠겨 있는지를.

이윽고 햇살이 기울어 썰물이 되면
밀물에 뒤척이던 몸뚱이를
물빠진 갯벌에 내려놓고
바다 멀리 돌렸던 눈길을 아예
감아버리고 마는 폐선에서

오르락내리락 굴렀다 흔들었다
섬마을 아이들이 바닷바람을 키우고 있다.

# 선유도 소곡

선유도중학교 떡갈나무
이파리들이 떨어지고
너는 갈색의 이파리 한 장으로
두 눈을 가린 채
갈매기의 울음 얼룩덜룩한 섬마을을
나의 얼굴을 안 본다 했지.

바다와 정기여객선과 육지가
우수수 낙엽들에 가려지고
나는 너의 얼굴을 잃어버리고
밤길을 걷듯 밤길을 걷듯
다가갔었지. 여기저기서
너는 깔깔거리고
북두칠성과 별똥도 없이
노 저어서 가면 자욱하게 우리를
휘감아오던…… 밤바다 안개.

눈 내리는 바닷가를 같이 걸으면
나란한 발자국들은 끝없이
해안선을 돌아갔고
다시 바람이 불어 눈보라가 치면
발자국은 어디랄 데 없이
사라져버리고,

이제나저제나 나를 찾아오는
너의 발자국 소리는
선착장에 다가서는 뱃고동 소리마냥
뛰이이 가슴 설레었고
내 이마와 눈언저리와 콧날에는
늘 기다림의 땀방울들이
긴긴 겨울 북서풍의 하늘 아래
맺혀 있었지.

# 찔레꽃 이야기

내가 당신을 생각하였을 때
나는 이름도 꿈도 없는
평범한 소년이 되고 싶었습니다.

선유도 선착장에 찔레꽃이
무더기로 피었다 지고
나의 인생은 당신 앞에서
찔레꽃마냥 하얀 빛으로
부서져내릴 것만 같았습니다.

그리하여 못 견디게 눈이 부신 바닷가에서
바보같이 돌팔매질이나 하다가
굴딱지 않은 바위를 따라
달리다 보면 어느새
맨살은 찢기어 피가 흐르고

좋은 나라에 태어나

좋은 사람이 되어 같이 살자던
우리의 약속은
쑥섬 너머 바다 안개처럼
돌아보면 어느덧 사라져버리고

선유봉에 헐떡이며 올라서면
다시금 막막하게 다가서는 수평선에
또 하나의 노을이 타오르고
우리의 질긴 목숨을 미련없이
구름 속으로 밀어넣고 싶었습니다.

꼭 한번밖에 탈 수 없는
우리의 인생을
수평선 너머 저렇게 붉디붉은 노을로
뜨겁게 태워보고 싶었습니다.

## 때깽이새

바닷가 때깽이새를 보면 슬프다.

우선 때깽이새는 몸집이 작다.
쬐그만 몸뚱이로 바닷바람에
불려다니는 것이 슬프다.

그리고 파르륵파르륵 날아다니는
그 숨가쁜 날갯짓이 슬프다.
(안 그러면 안되나)

더구나 바다 위를 훠이훠이 날지도 못하는 게
물 빠진 백사장을 분주히 돌아다니며
항상 무얼 쪼아먹고 있는 것이 제일 슬프다.

모랫벌에 찍히는
가늘은 발자국을 보면서
이 모든 점이 나를 닮아서,
닮아서 슬프다.

# 둔 주 곡

어머니 별을 보고 울었어요.
내가 초라해 보여서 울었어요.
밝게 빛나려 할수록
높이 반짝이려 할수록
격렬하게 어깨는 떨리나봐요.
별똥 하나 떨어지며
가슴에 금 긋고 지나가고
이윽고 떠오른 하현달이
돌아갈 길
불그스레 비추었어요.

# 뻐꾸기와 런닝셔츠


"선유봉 뻐꾸기가 울었고
망주봉 산비둘기가 마주 울었다.
서해바다에 지는 노을은 오늘도 아름다웠고
종일을 돌아다니며 삐이이
버들피리를 불었다."


나의 시는 이렇듯
봄바다 위를 둥둥둥 떠다녔으면 싶은데


오늘도 어느 바다에서는
어부의 런닝셔츠와 라면봉지가
해초와 함께 떠밀려와서
바닷가 자갈밭에 뒹굴고 있으므로


나의 시는 바지락 캐는 아주머니들이 모여 있는
갯가를 서성거리기도 하고
밤뱃일 나가는 어부들의 랜턴 불빛에도

등허리에는 후끈한 열기가
밤새도록 뻗쳐오르는 것이다.

# 폭풍주의보

꼭 귀먹은 것처럼
여객선이 오지 않고
다급하게 육지를 부르는
전화취급소 함석지붕 위로
놀란 물까마귀 날아오르더니

통학선이 뜨질 못하고
방축도, 장자도, 무녀도 아이들이
선착장에서 발을 구르다 집으로 돌아갔는데
선유도중학교는 본섬 아이들만 모아놓고
참말 수업을 하는 것일까요.

피신 온 어선들이 갯가에 매어지고
선원들은 협동상회 난롯가에 모여
올 겨울은 뱃일 나간 날이 반타작이라는
새터 김씨의 푸념이며
요 며칠 전 횡경도 무인등대 옆에서

풍랑으로 세 명이 죽었던 얘기며

말린 명태를 고추장에 찍어
소줏잔을 기울이면서
몇년 전에도 있었던 죽을 뻔했던 얘기들로
연탄을 몇 개 갈아도 끝이 없을 것 같습니다.

……허물어진 오룡당에
떡 차려놓고 빌어볼까
북 치고 장구 치며
풍어제라도 지내볼까……
이곳 저곳에선 행여나 하고
'내일의 날씨'에 귀기울이는데

밧줄만 달랑거리는 선착장까지
누구 그림자 하나 뵈지 않고
해송 한 가지 우두둑 부러지더니

우박은 어느새 싸락눈이 되어
무섭게 흐린 하늘 끝에서부터
휘몰아쳐 옵니다.

# 맛조개

갯가에 두 개의 구멍이 나란히 있으면 틀림없이 그 아래 맛조개가 있다고 선유도 임씨는 설명해준다. 파보니 참말로 멍청스럽게 웅크리고 있다가 끌려나온다. 아무래도 맛조개가 그냥 그랬을 리는 없고 나 여기 있으니 친구들이나 바닷게들도 놀러 오라고 밖에다 표시해놓고 들어갔나본데…… 너무하지 않나 싶어 고개를 갸웃거리는 날더러도 잡아보라고 임씨는 호미를 건네주더니 내가 아무 데나 깔짝거리는 사이에 금세 한 소쿠리 캤다고 돌아가자고 한다.

# 선유도 뻐꾸기

선유도 뻐꾸기가 울었고
서해바다가 파랗게 갈라지며
장자도로 방축도로 횡경도로 이어지면서
고군산열도 온 섬의 뻐꾸기들이
마주 울었다.

뻐꾸기가 울면 섬마을의 아이들은
할아버지의 팔을 베고 봄꿈에 잠이 들었고
처녀들은 뒤울에서 가슴 조이며
바다에 별똥별이 떨어질 때마다
소원을 빌었다.

나는 잊혀져가는 것들의 이름을 적어나간
긴 편지를 들고 나가
인광이 번쩍이는 밤바다에
종이배를 만들어 띄워 보내면
말도 등대에서는 짙은 안개를 알리는

기적소리 뛰이이 들리고

슬픈 사람들이 온 밤을 같이 울고
그리운 사람들이 온 밤을 그리워하는
섬마을의 봄날을
나의 배는 불빛도 없이 지향도 없이
끝섬 너머 어느 바다를 찾아
또 사라져가던 것인지……

# 해수욕장 개장식


선유도를 자랑스러운 해상공원으로 건설합시다!
피서객들에게 친절한 웃음을 선사합시다!


자연보호 캠페인
선진 조국 창조
앞서가는 옥구군


국회의원과 군수가 오는 날
선유도국민학교 아이들은
모래알같이 쨍쨍한 박수를 쳤다.


수업이 끝나면
엄마를 따라 바지락을 캐고 고말을 줍고
훗날 학교를 졸업하면
뱃일을 하고 김발을 할 아이들
아니면 도시로 나가서……

누가 버리고 간 비닐조각과 병조각을
누구의 안녕과 질서를 위해
하얗게 널려서 줍고 있는 것일까.
손아귀에는 라면봉지와 콜라병.
여행용 칫솔.

# 눈이 내리고…… 승복이에게

밤이 차다.
너를 여기 세워놓고 볼 시려운 밤에
모두 들어가버리다니
너무들 하는구나.

바람이 높아가며
눈발 속에 네가 고단해 보인다.
용감하고 의로운 반공소년이
아홉살의 너의 어깨에는
너무 무거워 보이는구나.

이렇게 눈이 오면 너는
네가 뛰어넘던 운둔령고개와
그날 헤어져버린 계방분교
선생님과 친구들 아니면
……무얼 더 생각하느냐.

학교에서 가르쳐준 대로 한마디 했다고
너를 죽인 사람들은 어디 갔느냐
어린아이와 이념투쟁을 하려던
몹쓸 사람들은 모두 어디로 갔느냐
눈송이가 굵어지더니 너의 머리칼과 어깨에도
차츰 눈이 쌓여가고

승복아 내일부터
선유도국민학교도 겨울방학인데
너도 너희 집으로 돌아가야지.
어깨의 눈을 털어주마.

태백의 눈길 꼬득꼬득 밟으며
팽이도 치고 연도 날리던
아홉살의 어린 나이로
이제 그만 돌아가거라.

# 제 4 부

# 나는 풀잎이 되어

나는 풀잎이 되어 이슬방울을 달고
무지개를 반짝거려보고 싶었습니다.
하늘이 그 큰 소망과 약속을
무지개로 둥그렇게 달아놓듯이
나는 이슬 한 방울로도
무지개를 만들 수 있다는 걸 보여주고 싶었습니다.

하지만 나는요
까닭없이 나를 쥐어뜯는 녀석들은
그 손구락을 풀칼로 섬뜩하게 베어서
검붉은 핏방울을 뚝뚝 흘리게 하고 말 참입니다.
그것은 나의 무지개를 잃지 않기 위해서
할 수 없이 사용하는 나의 비밀무기입니다.
쉬잇! 이건 참말 비밀이라니깐요.

# 타는 논바닥을 적시며

### 한이의 돌날에

네가 물이라면

저 깊은 땅속 바위 틈에

홀로 남아 고여 있기보다는

비록 더러운 흙탕물의 길일지라도

유월 가뭄에 타는 논바닥을

적시며 흘러갈 줄 아는

이 나라의 살아 있는 강물이 되어야 한다.

# 겨울에 쓰는 편지

안녕.
깨끗한 겨울
바람의 한 끝에서 안녕.

시든 나팔꽃 줄기를 보면서
봄을 기다리는
시냇가 돌무덤에서 안녕.

쥐불놀이로 까맣게 타버린 논두렁에
돋아나는 봄풀을
보면서 역시 안녕.

아니면 시린 물 속을 헤집는
물고기들의
힘찬 몸놀림 속에서

또는 며칠 새 뵈지 않던

때까치들의
이윽한 날아옴 속에서

그들의 이름을
한 마리 두 마리씩 불러주면서
안녕. 안녕. 안녕.

# 그     는

그는 쓰레기 매립지 옆에 산다.
강변의 갈대와 뻘흙을 개어 벽을 바르고
쓰레기장에서 주운 널판지로 굴뚝을 내었다.
마당에는 휴지와 헝겊 조각들이
가지런히 앉아서 가을 햇볕을 쬐고 있다.

그는 고향 시골집에서 요강을 감나무에 들이붓던
돌아가신 아버님 얘기를 곧잘 한다.
누런 오줌으로도 감꽃이 봄마다 예쁘게 피는 것이
너무나 신기했었는데
이제 도시사람들의 쓰레기로 자기가 먹고 사는 것이
재미있지 않느냐고 한다.

쓰레기로 불을 지필 때
따스해지는 방 아랫목도 아랫목이고
하늘거리며 피어오르는 연기도 연기지만
쓰레기장을 뒤질 때면 자기의

버려졌던 인생을 되찾는 기분이라며
그 푸근한 맛 때문에 이곳을 떠날 수 없다 한다.

홀로 사는 그는 한 장 남았다는 가족사진도
어디에서 주워다 붙인 것처럼
누런 벽에 붙어 있는데
자기가 죽으면 묻지 말고 꼭
쓰레기장에 버려달라고 한다.
누군가 주워가면 혹 쓸 곳이 있을지도
모르잖느냐며 빙긋이 웃는다.

# 버들피리

삐이—이 삐이—이
외로운 날이면
가로수를 꺾어
버들피리를 불어요.

피리소리는
한강을 넘어 금강을 넘어
남도의 긴 가락이 되어
누구를 부르러 가는 양
멀어져가요.

강언덕의 송아지 울음처럼
청계천 오가의 버드나무가
이렇게 외롭고 그리운 소리를 내는 걸
들어보세요.

요 버드나무들도 시골에서 뽑혀와

이곳에 심어진 이후
얼마나 많은 못 볼 것들을 보았으며
얼마나 많은 못 들을 것들을
들었겠어요.

제가 봄날의 외로움을
버들피리로 불어야 하는 것이나
문 닫은 도시의 새벽녘에야
가로수도 더러 청청한 모습을 보이는 것은
너무나도 당연한 일이에요.

# 아빠하고 나하고

아빠 ! 나팔꽃이 피었어요
그래 한이야 나팔꽃이 한이를 많이 닮았구나


낮에 피는 해바라기는
형아들의 꽃 !
불타오르는 해님을 바라
지칠 줄 모르는 정열의 꽃.


저녁에 피는 분꽃은
엄마 아빠의 꽃 !
하루일을 끝낸 뒤
더운 땀을 식히며 돌아보는 꽃.


밤에 피는 박꽃은
할머니 할아버지의 꽃 !
두고 떠난 산천이 그리워
귀향길 하얗게 밝히는 꽃.


아침에 피는 나팔꽃은
어린이들의 꽃 !

이슬 머금은 아침 하늘이

나팔꽃 속 푸른 우물에 가득 담긴 꽃.

# 어이하나 어이하나

어이하나  어이하나
비비새   울던 날에
풀잎으로  맺은 약속
꽃이 지고  잊었으니

어이하나  어이하나
장난삼은  숨바꼭질
너무나도  영영 숨어
찾을 길이  없겠으니

어이하나  어이하나
집도 잃고  길도 잃어
하늘 높은  풀피리도
들릴 길이  없겠으니

어이하나  어이하나
저녁 제비  낮게 나는

붉은 빛     황톳길에
빈 그림자   홀로 서니

# 뱁재 넘는 길

저녁답
오성리 버스 종점에
예닐곱이 내리더니
버스가 횡하니 떠나버린 뒤
서넛은 뱁재로 발걸음을 옮긴다.

바람소리 새어나듯
간간이 얘기를 나누면서
서나서나 고갯길 재며 가는데
화롯불 볼 때마다 군밤 얘길 하길래
생밤 오백원어치를 사 간다고
위봉골 미란이네 엄마는
머리봇짐이 가벼웁다.

정월 대보름을 사흘 앞둔 달빛이
나즉하게 달그림자를 드리우면
희끗희끗 도실봉에

잔설은 유난하고
돌아보면 구불한 산길이
솔숲 사이로
허옇게 드러났다.

아들을 업고 가는
창덕이 아버지의 머리칼이
솔바람에 흩어지고
창덕이는 재우쳐
아빠 등에 얼굴을 파묻는다.

발걸음 소리마다
으슥한 전설은 울려나는데
부우연 북두칠성은
고갯마루에 걸려 있다.

# 눈     꽃


눈 내리는 들길을 걸으면
눈송이들은 가을걷이 끝난 논바닥
아무데나 내려 쌓이고
쌓이는 곳마다 하얀 눈꽃을 피운다.

청무우 다발 위에는 청무우눈꽃
쌓아놓은 볏단 위에는 볏단눈꽃
쓰레기더미 위에는 쓰레기눈꽃
탱자나무 울타리에는 탱자나무눈꽃

눈발들은 바람이 실어다주는 곳
어디에서나 겨울까치 웃는 소리로
나를 반겨주면서 날더러
내릴 곳을 가리지 말라 한다.
내려앉는 것을 두려워 말라 한다.

# 박     새

박새가 운다.
시월 상달의
달빛 아래에서
박새가 운다.

검은 머리 흰 뺨에
회색 두루마기 입고
농부의 처마밑에
깊은 숨 토해내며

저 장백산맥보다도 깊고
고구려보다도
머언 하늘을
박새가 운다.

# 죽은 새가


죽은 새가
둥지를 찾고 있다.

밤이면
늪지대를 지나 벌판을
낮게 낮게 날으는데

..................
..................

새벽마다 주검은
혼곤한 땀으로
지쳐 눕는다.

# 용 광 로

칼자루와 녹슨 못과 철조망을 녹여서
큰소리 울려 퍼지는
쇠북 하나 만들려 하네.

아픔과 괴로움과 지랄 같은 슬픔을
모두 녹여서 잘 생긴
기쁨 하나 만들려 하네.

너와 나, 그리고 우리의 틈새기까지
모두 녹여서 둥두렷한
해바라기 얼굴 만들려 하네.

# 응 급 실

서해안 너른 갯벌에
나문재풀 다시 되어
썰물이면 바람이 부는 대로
밀물이면 물결치는 대로 흔들거리며
지천으로 널리어
징글징글하게 살아보기 위해서
사람들은 앰블런스에 실려와
외마디소리도 없이 죽어가는 것인가!

# 제 5 부

# 인류의 미래

이날은 즐거운 날*
지구상의 인류가 50억을 돌파했다고
유엔이 선포한 날.

핵무기를 티엔티로 환산해서
50억 지구가족 모두에게
일인 당 5톤씩 선물할 수 있을 만큼
지구가 풍족한 핵무기를 갖게 된 날.
이 중의 몇십분의 일만 사용해도
인류가 25억으로 줄어드는 날.
인구문제를 따로 걱정할 필요가 없는 날.

이날은 즐거운 날.
아프리카와 아시아에서는 10억이 굶주려도
선진국에서는 식량이 남아돌아서
식량생산을 제한한 날.

남은 식량을

고양이와 개의 애완용 식품산업에 사용한 날.

그래도 남은 식량은 바닷속에 처넣은 날.

그 대신 팝송가수 몇 명이서

아프리카 구호기금 모금통 들고 다니면서

"지구는 하나! 우리는 형제!"라고

목이 쉬도록 노래 부르고 다닌 날.


또 이날은 즐거운 날.

단 하루 동안에 사용되는 전세계 군사예산액은

9억 달러에 이르고

이중 절반만 있어도

지구상의 10억이 앓고 있는 전염병 말라리아를

퇴치할 수도 있지만


단 하루도 군사활동을 중단할 수는 없으므로

아직도 인류에게는 절망과 고통이 필요하므로

지구 인구가 100억이 될 때까지 기다리기로 한 날.

그리하여 우리의 아이들은
핵전쟁과 굶주림과 질병 속에서
단 하나밖에 없는 지구의 소중함을 배우고
형제애와 인류애를 배우고

우리들이 아무리 "행복하다" "행복하다" 가르쳐줘도
걷잡을 수 없이 "으앙" "으앙" 울어대며
자신들의 미래를 향해 태어나는 날.

  \* 유엔은 1987년 7월 11일을 지구상의 인구가 50억을
    돌파한 날로 선포하였고, 세계 곳곳에서 이에 대한
    축하행사가 벌어졌다.

# 핵 우 산

나라에서는
철이네 식구들더러
핵우산의 보호 아래
편안히 잠들라 했다.

어느 날
큰 나라들이 전쟁을 시작했고
서로 단추 몇 개를 누르더니
철이네 식구들은
곤한 꿈꾸다 사라져버렸고

그후 수십 년 동안
그 나라에는
먼지만 오래도록 쏟아져내리더니
아직껏 풀도 나지 않고
새도 울지 않는다고 한다.

# 분재 소나무

미국인 애담스 씨 집에서
자랑스럽게 보여주는 분재 소나무.

난쟁이처럼
곱사등이처럼
엉거주춤 팔을 뻗은 모습이
누구에게 빌고 있는 것 같기도 하고
무슨 애타는 손짓 같기도 하고

산비탈에 뿌리 내려
무너지는 산허리를 붙들고 있어야 할 네가
고만하게만 자라라고
만들어놓은 화분 속에
고만하게만 자라고 있구나.

응접실에 불어 날리는 솔씨가
쓰레받기에 쓸려나가는 것을 보면서

꾸부정한 모습으로 관상용이 다 돼버린
우리의 토종 소나무야.

# 총 검 술

"찔러."
"찔러."
"길게 찔러."
충성연병장에 소리치며 허공을 찔러댄다.
무모한 총검은
누구를 찌르라는 구령은 없이
"찔러."
"찔러."
"길게 찔러."

누구를 찌를 것인가
대답 소리는 전투수칙 속에서
또는 멸공구호와
총검의 날카로움 속에서
아니면 아침 구보 때의 입김 속에서
들릴 것인가.

군화에 묻어 푸덕푸덕 떨어지는
붉은 황토흙들이
총검으로 찔러대는
동포의 살점이 되어 아우성치며
죄없는 나를 왜 찌르는가
나를 꼭 찔러야
통일이 되는 줄 아느냐고 외치고

왜 나는 어머니가 생각났을까.
헤어질 때 중학생이었다던 외삼촌
그 외삼촌의 아들을 찌를 것인가.
얘기 한마디 나누지 못했지만
피는 이미 나누어버린
그 사내를 찌를 것인가.

우리가 찔러야 할 것은 분계선일 것인데
분계선을 울타리삼아 한몫 잡아보려는

몹쓸 사람들일 것인데…… 우리는 혹시나
분계선 너머의 모든 것을 찔러보자는 것이나 아닐까.
이 총검으로 분계선을
죽죽 그어대고 있는 것은 아닐까.

총검을 이기는 건 또 하나의 총검의
날카로움이 아니고
총검을 이겨내는 용광로 같은 뜨거움,
그 사랑이 아닐 것인가.

"똑바로 해."
총검술 교관의 고함소리에
퍼뜩 미친놈처럼 다시
허공을 찔러댄다.
"죽어라."
"죽어라."
"길게 죽어버려라."

내 총검에 잘려나가는 무수한
새순을 바라보면서
군화에 짓이겨지는 하늘 같은
새싹들을 바라보면서.

# 상여 소리

우금치에서


죽창 잡던 손에 손에 찬바람을 몰아쥐고
가네 가네 설운 세상 악에 받쳐 떠나가네
어허어 어화 넘차 어화리 넘차 어화 넘차

우금치야 붉은 빛은 흙빛이냐 핏빛이냐
꽃이 지던 싸움터에 제비꽃만 하늘하늘
어허어 어화 넘차 어화리 넘차 어화 넘차

삼천리를 돌아갈 적 산은 첩첩 물은 겹겹
이 강토를 어이하나 이 내 목숨 어이하나
어허어 어화 넘차 어화리 넘차 어화 넘차

한 많은 인생살이 소쩍새로 울을거나
뼈 깎아 창 만들어 내 나라를 지킬거나
어허어 어화 넘차 어화리 넘차 어화 넘차

가도 가도 뵈지 않고 가도 가도 팍팍한 길

어느 날에 다시 오나 무궁화꽃 웃음으로

어허어 어화 넘차 어화리 넘차

어 ── 화 ── 능

# 탄광촌의 해와 달 1

### 어느 광부 아내의 수기

또 바람이 불었어요.
벌써부터 방안까지 늦가을 한기가
선득선득 불어오는데
밤 10시에 나서신 당신은
땅속 몇 미터 갱 속에 계시는지요.

야간작업을 하러 나가시는 날은
혼자서 이불 덮고 편안히 잔다는 게
너무나도 죄스러워
뒤척이는 밤만 늘어가고……

“아빠 오늘도 무사히……”
들어가시는 갱의 입구마다 써 있다지만
집에 돌아오실 때까지 내내
비는 마음뿐입니다.
연탄 한장한장마다 배어 있는 우리의 한숨을
도시사람 누가 알기나 할까요.

광부는 석탄 캐먹고 살고
업자는 광부 캐먹고 산다는데
왜 이렇게 눈물만 나오는지요.

아무리 동해의 파도가 밀려와도
우리 종길이는 크거든
이 탄광촌을 내보냅시다.
오늘 흘리는 에미의 더운 눈물을
자식에게 더 이상 물려주지 맙시다.

당신의 검정 묻은 손으로 닦아주세요.
그 길던 설움의 강물이 타내리고
또 타내리던 내 볼의 눈물 자국을
닦아주세요.
다시는 슬프지 않을
종길이를 위해 어보.

# 탄광촌의 해와 달 2

광산촌의 밤하늘 아름다워라.
탄가루에 찌들은 지붕 위에도
은하수가 동과 서를 가로지르고
하많은 별들이 반짝이는 것
당신은 믿기우냐.

산업전사위령탑 옆에서는
광부의 아이들이
무심하게 공기놀이를 하고 있고
사택 일곱평 집 안에도
볕발이 따사로이 든다는 것이
당신은 믿기우냐 믿기우냐.

아무리 파헤쳐도 꿈쩍도 하지 않는
태백산맥 등줄기의
어깨며 산허리를 타고
당당하게 솟아오른 구름산과

구름산.

무심한 햇빛으로도
옥수수는 무성하게 산자락을 뒤덮고 있고
검은 물과 탄가루 속에서도
아이들의 맑은 눈이 초롱초롱 자라는 것이
당신은 믿기우냐 믿기우냐.

# 우리나라 좋은 나라

제 3 사관학교에서

우리는 '충성연병장'에서 총검술 훈련을 받고
'충성관'에서 충성스러운 군인의 길에 대하여
강연도 듣고, 영화도 보고
훈련이 없는 일요일 종교행사 때는
'충성당'에 가서 나라를 위하여 기도를 드리고
저녁에 허기진 배를 채우는 간식빵마저도 '충성빵'이니
'받들어 총'을 해도 "충성"
상관을 만나도 "충성" "충성"
밥 먹으러 갈 때도 "충성" "충성" "충성"
외쳐야 밥을 먹을 수 있으니
밤에 자다가 "충성"이라고 중얼거리는
아랫침대의 동료가 하나도 우습지 않은
충성으로 목이 메이는 시절이여 !

# 훈련소에서

훈련소에서 우리들은
군모 차양에 깨알 같은 글씨로
훈련 날짜를 적어놓고
취침나팔이 울리기 전
무사히 하루가 지나갔음을 기뻐하며
볼펜으로 새까맣게 새까맣게
우리의 하루하루를 지워나갔지.

드디어 막사 앞 버드나무에
푸른 물이 오르던 어느 날
우리들은 지긋지긋했던 훈련소를
미련없이 떠나올 수 있었고
사회에만 나가면 몇백 배 유익한 일들을
할 수 있으리라 믿었었지.

그러나 사회로 석방된 지
보름이 채 가기도 전에

하나도 자유롭지 않고
하나도 행복해지지 않은 얼굴로
다시 만나 우리들은 깨달았었지.

적어도 훈련소에서의 몇 개월 동안
토론하거나 항변할 기회를 주지 않던
'중대단결회의'나
대학생들의 데모로 사회가 혼란되고
국가가 발전하지 못한다는 '경제교육'에 대해
최소한의 항의라도 했어야 했으며

악쓰고 불러야 했던 군가의 의미와
누구를 찔러야 하는지를 가르쳐주지 않던
총검술 시간과
우리 민족의 구원과 희망 대신에
신앙을 통한 전투력 향상을 역설하시던
군종 목사님의 설교 내용에 대해

최소한의 해명이라도 받았어야 했다는 것을.

군모 차양에 구멍이 나도록
안녕 빠이빠이 지워나갔던 날들도
조교나 중대장의 날이 아닌
온전하고 소중한 나의 젊은 날이었으며
인생은 막연한 기다림이 아니고
그때 그 자리에서
찬바람 속에 뒤엉켜 씨름하고 땀흘리는
눈부신 싸움이라는 것을!

# 그 리 움

때로는 왈칵 쏟아질 듯 그리운 것들이 있습니다.
그것은 어린 시절
나를 감싸주던 밝은 가을 햇살과
뻐꾸기 소리에 대한 것이기도 하고

젊은 날
분노로 외치던 광화문 네거리와
목놓아 울던 막걸리집과
온몸을 말리우듯 태워대던
하숙방의 담배연기에 대한 것이기도 하고

조그만 인간의 진실들이 모여
커다란 사회와 역사를 이룬다는 것을 가르쳐주고
인간이 때로는 끝없이 아름답고
뜨거울 수 있음을 보여준 수많은
사람들에 대한 것이기도 합니다.

하루내 나를 붙들고
눅진눅진 짓이기던 것들이
썰물처럼 빠져나간
어느 날 석양길에
그리운 것들이 나를 찾아와
따스한 불길을 활활 지피어옵니다.

## 인생은 전면전

인생은 국지전이 아니다.
일부는 빼다가 정치하고
일부는 빼다가 장사하고
일부는 빼다가 고스톱 치고
그래도 남은 것은 제 뱃속 채우는
난장판 요지경 속이 아니다.

똥누러 갈 때와 똥눈 뒤가 다르고
달면 삼키고 쓰면 뱉고
귀에 걸면 귀걸이 코에 걸면 코걸이
구렁이 담 넘어가듯 넘어다니면
소리도 없이 나라 망하듯이

당신들 입장은 십분 이해한다고 하면서
그렇지만 이 문제는 자기 권한 밖이라서 알 수 없고
저 문제는 자기 담당이 아니라서 할 수 없다고
엉거주춤 물러서는 식으로는

무엇 하나 똑바로 될 리가 없다.

우리들은 모름지기
밥을 먹을 때나 시를 쓸 때나
책을 볼 때나 데모를 할 때나
연애를 할 때나 버스를 기다릴 때나
울 때나 웃을 때나
한결같은 삶의 큰 물줄기로
흘러가야만 한다.

그리하여
별을 헤면서
변증법적인 역사발전을 얘기할 수 있고
꽃씨를 뿌리면서
화염병을 던질 수 있고
기러기 울음에도
조국통일을 얘기할 수 있고

아기를 낳으면서
적의 목을 조를 수도 있어야 한다.

# 풍        장

우리가 죽으면
까마귀와 검은 매와 독수리들이 날으는
저 비바람 치는 산정에
우리의 썩은 몸뚱이를 버려다오.

어린 시절의 꿈도 사랑도
길거리에 휴지 버리듯
살짝살짝 흘리면서
살아온 나날

행여나 매맞고 고문당할까봐
항의할 것을 항의하지 못했고
최루탄이 무서워서
외칠 곳에 가서 외치지 못했고
중요한 것은 모두 잘못 보도되는
아홉시 텔레비전 뉴스나 보면서
안방에서 지금껏 보존해온 몸뚱이를

이제는 미련없이 하늘과 땅 사이에 버려다오.

저 중년의 시절부터
뱀탕과 개고기와 흑염소를
지져먹고 삶아먹어
살찌운 뱃가죽과
라피네 드봉 오버나잇석세스로
문지르고 발라서 가꿔온 피부가
여기 한 장의 늘어진 가죽으로 남아 있음을
이제 더 이상 숨겨서 무엇 할 것인가.

사망진단서에 '노환'이라 적힐 때까지
분단된 조국의 이토록 험한 세상을
온전하게 제 몸뚱이 지켜온
이 숨막히는 완전범죄를
무심히 지나치는 천둥과 번개로부터
개미새끼와 풀벌레와 새새끼들에 이르기까지
만천하에 남김없이 밝혀다오 밝혀다오.

# 하찮은 것들, 작은 것들에 대한 사랑

신  경  림

　나는 서홍관에게 큰 빚을 지고 있다. 그의 결혼식에 주례를 서기로 했었다. 그러나 전주에서 있은 그의 결혼식장에 내가 도착했을 때 결혼식은 끝나, 막 기념사진 촬영에 들어가고 있었다. 주례도 빼먹은 터에 사진촬영에 끼여들 염치가 없어 뒷전에서 어정거리고 있는데 이윽고 촬영을 끝낸 그가 나를 발견하고 오히려 반색을 했다. 어떻게 된 일이냐는 것이다. 내가 대답할 말이 없어 우물거리고 있자니까 그는 나를 예식장까지 데리고 올 책임을 맡은 후배의 이마에 꿀밤을 먹이면서 한마디했다.

　"야 임마, 네 결혼식 때는 내가 주례를 모셔올 테니까 각오하라고."

　이렇게 해서 일단 면죄부를 받기는 했지만, 식에 늦은 일이 아무래도 께름칙해 견딜 수 없었는데, 내 심사를 눈치챘는지 그는 덧붙였다.

　"청첩장에 선생님 주례로 찍혀 나갔으니, 주례를 서시긴 서신 거지요."

　물론 이 일은 전적으로 내게 잘못이 있는 것은 아니다.

책임을 진 후배의 착각이 빚은 해프닝이지만, 나는 두고 두고 이 일이 마음에 걸린다. 하지만 주례를 못 섰기 때문에 주례를 제대로 선 다른 후배에게보다 늘 더 마음이 쓰인다. 그에게 불행이라도 있으면 내 탓일 것이라 생각되기 때문이다.

이 일 말고도 나는 서홍관과 인연이 참 많다. 그를 처음 안 것은 83년 서울의대에서 문학강연을 한 일이 계기가 되어서인데, 그뒤 그는 다른 두어 의대의 문학패 친구들과 함께 종종 우리집엘 놀러왔다. 더 가까워진 것은 내가 전북대에서 강연을 하면서부터다. 그때 그는 학교를 졸업하고 고향인 전주에 내려가 한지의 보건소 의사로 발령 나기를 기다리고 있을 때여서 내 강연에 왔다. 그를 통해서 나는 전주의 많은 좋은 친구들과 알게 되었고, 또 그는 거꾸로 나를 통해서 전북대의 좋은 교수들과 사귀게 되었다. 그뒤 그 근처의 보건소에서 일하면서 그는 많은 일을 했는데, 그 공로의 상당부분을 내게 돌리는 그의 말을 나는 그냥 공치사만으로 듣지는 않는다. 비록 주례를 놓친 실수는 있었지만 그와 나와의 만남에는 이른바 연때라는 것이 있다고 믿고 있기 때문이요, 실제로 그로 인해서 그의 고향인 전주 근처는 내가 고향만큼이나 자주 들르는 곳이 되었다.

그가 선유도에서 보건지소의 한지 의사로 일하고 있을 때도 찾아간 일이 있다. 함께 임실로 민요를 들으러 갔다가 군산에서 하룻밤을 묵고 선유도에 들어갔는데, 전주에서 임실 가는 길옆 산과 마을에 자욱눈이 하얗게 깔린 초겨울이었다. 파도소리가 들리는 숙직실에서 소주 한 병을 사다가 반쯤 마시고 담요 한 장씩을 덮고 잠이 들었다.

꽤 밤이 깊었는데 급하게 문을 두드리는 소리에 잠이 깨었다. 전기도 없는 섬이었으므로 그는 촛불을 켜고 환자를 맞이했다. 다급해서 숨넘어가는 소리를 하는 아버지의 등에 업혀온 소년은 심한 화상을 입고 있었다. 그는 발을 동동 구르는 어머니에게 촛불을 들리고 먹다 남은 대두병의 소주 하나만을 가지고 응급처치를 했다. 보건지소에는 아무런 약도 시설도 없었다. 그가 몇푼 받는 봉급에서 밥값을 떼고 남는 돈으로 약을 사다놓는 것이 고작이었는데 화상용 약은 갖추어놓고 있지 못했던 것이다. 너울거리는 촛불로 해서 벽에 커다랗게 그림자를 짓는 그의 침착한 모습은 아주 엄숙해 보였다. 그는 단호하고도 매서웠다. 그때까지는 한 문학청년으로밖에는 보이지 않던 그가 처음으로 의사로 보이기 시작했다.

함께 지리산 자락을 돈 일도 있다. 노고단이 멀리 바라보이는 연파라는 드물게 아름다운 마을에서 아낙네들이 대문앞 도랑을 가득 메우고 흐르는 물가에서 빨래하는 것을 구경하며 추어탕을 먹던 일이 아직도 생각난다. 나는 이때 서홍관이 아이들을 유난히 좋아한다는 사실을 처음 알았다. 그럴 때의 그의 모습은 아이들의 그것처럼 밝고 맑았다. 그래서 그에게 앞으로 소아과를 하는 것이 좋겠다고 했더니, 그는 우리나라에서는 아직 그다지 널리 알려지지 않은 가정의학을 하겠다고 대답했다. 그러면서 그는 우리 민중이 지금 가장 필요로 하는 것이 의사인 만큼 민중의사라는 개념도 마땅히 있어야 할 터인데 그것이 없다고 개탄했다. 나는 그때 가정의학이 그 길과 가장 가까운 것인 모양이라고 생각했다. 그뒤 그는 말한 대로 가정의학을 전공했는데, 인도주의의사협의회에서의 그의 활동도 나는 지금 이 맥락에서 이해하고 있다.

천은사와 지리산 자락에 있는 매천 황현의 사당까지 돌아본 그 여행에서 나는 그가 어린이를 별나게 좋아한다는 사실만을 안 것이 아니다. 그는 이름 모를 풀꽃이며 벌레 따위 하찮은 것들도 몹시 좋아했다. 작은 마을들을 사랑했고 조그만 언덕이며 개울 따위 극히 범상해 보이는 것들도 사랑했다. 이 사실과 그가 가정의학을 택한 것과는 관계가 있는 것일까? 그것은 알 수 없지만, 이런 그의 모습은 모두 시에 드러나고 있다.

「서시」는 10행밖에 안되는 짧은 시지만, 그의 시세계를 엿보기에는 아주 안성맞춤이다.

어린 시절에는
아무도 피워보지 못한
크고 아름다운 꽃을
꼭 한 송이만 피워내리라
다짐했으나

이제 세월 흐르매
나의 손길 닿는 곳마다
여뀌꽃과 패랭이꽃과 달개비꽃들이
들판의 도처에 도처에 무리져
이미 피어 있음을 본다.

"크고 아름다운 꽃을/꼭 한 송이만 피워내리라"는 다짐은 어릴 때면 누구나 다 가져보는 꿈일는지 모른다. 대개는 일생 이 꿈에서 헤어나지 못하고 허우적거리는 것도 흔히 볼 수 있는 일이다. 그러나 세월이 흐르면서 서홍관은 크고 아름다운 꽃을 피워내는 일만이 그가 할 일이 아님을 깨닫는다. 아무의 눈길도 끌지 못하고 아무의 사랑도 받지 못하는, 들판의 도처에 무리지어 피어 있는 여뀌꽃, 패랭이꽃, 달개비꽃들도 결코 크고 아름다운 꽃 못지않게 훌륭하고 소중함을 깨닫는 것이다. 여뀌꽃, 패랭이꽃, 달개비꽃들은 어쩌면 민중을 상징하는 것일는지도 모르겠다. 그러나 세상의 모든 하찮은 것들, 작은 것들, 힘없는 것들을 뜻하는 것이라고 읽는 편이 훨씬 시의 호소력을 높인다. 하찮은 것들, 힘없는 것들, 작은 것들의 소중함을 깨달으면서 그의 시는 비롯되기 때문이다. 그의 시에서 흔히 젊은 사람들의 시에 나타나기 쉬운 허황된 꿈이나 터무니없는 욕심에 따른 객기가 안 보이고, 맑고 깨끗한 이미지만이 수채화처럼 드러나 있는 것도 이래서이다.

이 시집에서 가장 빛나는 대목은 아무래도 아이들이 소재가 되어 있는 것들이 아닌가 싶다.

우리는 하늘이 내신 아이들이
〈중략〉
하늘의 크신 뜻을
알아나가는 모습을
오히려 조금씩은 비켜서서
가만히 가만히 우리도 함께 배우며
지켜봐야 하는 것은 아닌가.
── 「하늘이 내신 아이들」 부분

분만장에서 나는 듣는다.
아이의 떨리는 울음소리가
이 나라 산맥들이 되받는 함성이 되어
피두겁 속에 새로 태어나려는
고국산천에 메아리치는 것을.
——「분만장에서」부분

어른들이 성한 발로도
제대로 딛지 못해온 이 땅을
너의 조그만 병신 발로도 얼마든지
탄탄하게 딛을 수 있다는 것을
　　　　〈중략〉
새봄에 나에게도 보여다오
들레야!
——「민들레 2」부분

　첫번째 시는 아이들은 하늘이 내는 것이라는 데 대한 믿음, 어른은 아이들을 가르치려 할 것이 아니라 그들로부터 배워야 한다는 진리를 노래하고 있으며, 두번째 시는 아이들에 대한 기대를, 세번째 시는 조막발의 배냇병신의 아이에게까지도 가지는 희망을 노래하고 있는데, 주목되는 점은 이 아이들이 결코 세상에서 가장 중요하게 다루어지고 있지 않은 아이들이라는 점이다. 말하자면 그에게 있어 이런 아이들은 "나의 손길 닿는 곳마다" 도처에 무리지어 있는 "여뀌꽃과 패랭이꽃과 달개비꽃들"(「서시」)인 셈이다. 또 이 시들을 읽으면 의사로서 왜 그가

하고많은 과목 중에서 가정의학을 택하게 되었는지도 알
것 같다. 또 자못 근심스러워야 할 우리의 미래에 대해
"우리들이 아무리 '행복하다' '행복하다' 가르쳐줘도／(아
이들은) 걷잡을 수 없이 '으앙' '으앙' 울어대며／자신들의
미래를 향해 태어나는 날."(「인류의 미래」) 하고 낙관하고
있는지도 알 것 같다.

　선유도 무의촌 시절의 시인 「무의촌」도 그의 깨끗하고
소박한 삶의 모습이 잘 보이는 빼어난 시다.

　　진찰은 성의껏 다했던가
　　귀찮다고 내가 볼 수 있는 환자를
　　육지로 보내지 않았던가
　　　　　〈중략〉
　　미국에서 직수입한 신판 교과서대로
　　치료받지 않는다고
　　섬사람들을 얕보거나
　　짜증스럽게 대하지는 않았던가.
　　파도바람에 몸이 시려운 목욕을 한다.


　그러나 이 시집에서 한 편을 고르라면 나는 2부에 실려
있는 상황시라 할 수 있는 「등화관제」를 고르고 싶다.

　　모른다고 하라.
　　네가 눈뜨고 본 일을
　　끝내 모른다고 하라.
　　등화관제의 어둠 속이어서
　　한 길 앞도 분간 못한 채

먼지만 꿈속같이 일어
불 끄라는 고함소리에
이불 속에 엎드려 고개만 처박다가
입과 코가 막히고
눈과 귀가 가리어져서
누이가 도적에게 끌려간 것도 모르고
애비가 매맞고 피흘리는 것도 모르고
가까운 곳에서 들리는
신음소리 비명소리와
멀리서 다그치는
붉은 빛 구조신호를
어둠을 찢는 듯한 호루라기 소리에 기가 질려
아아 우리는 끝내
보지도 듣지도 못했다 하라.

———「등화관제」전문

　이 시가 감동적인 것은 한 시대의 상황을 극명하게 드
러냈대서만이 아니다. 지난날의 우리의 비겁했던 모습을
이만큼 뼈아프게 뒤돌아보는 시가 우리 시에 과연 얼마나
있는가.
　남들은 모두 수지맞는 데로 몰려 아무도 돌아보지 않고
지나치는 하찮은 것들, 작은 것들, 그래서 애쓴 만큼의
빛도 안나는 것들의 값짐을 알고 또 찾고, 끊임없이 자기
자신을 성찰하는 일, 이것이야말로 정말로 앞으로의 우리
시가 해야 할 일인지도 모르겠다.

# 後　　記

　나의 첫시집을 준비하면서 시를 처음 써보던 시절을 오랫만에 기억해냈다. 그때는 1980년이었고 나는 의과대학 본과 2학년 학생이었다. 고교시절까지 시를 쓴다는 것은 생각하지도 못했던 나에게 80년의 봄은 엄청난 충격을 던져주었다. 무척이나 길었던 휴교령 기간 동안 친구와 서울 근교에 갔다가 저녁 연기가 피어오르는 모습을 보면서 시라는 것을 난생 처음으로 쓰게 되었고 그뒤로 험하고 아름다운 삶의 길목에서 외롭고 그리울 때마다 일기장에 시를 쓰는 버릇이 생겼다.

　대학을 졸업하던 해에 무의촌 근무를 위해 선유도라는 서해의 한 섬에서 1년 남짓 지낸 적이 있었다. 그리고 그로부터 6년 반이 지난 지금은 시설뿐 아니라 진료수준에서도 우리나라에서 최고라고 하는 서울대학교병원에서 근무하고 있다. 그러나 의사로서 이러한 특이한 경험을 하는 동안 내가 절실하게 깨달은 것은, 경제적인 이유에서이든 의료의 비인간화에 기인하는 것이든 간에 질병으로 인해 고통받는 사람이 인간적인 의료를 받지 못한다면 삼천리 어디를 가나 무의촌이 될 수밖에 없다는 사실이었다.
　어떻게 하면 다같이 건강하게 살 수 있을 것인가. 그러

나 열다섯살의 어린 나이에 수은중독으로 죽어야 했던 송
면이의 죽음이 우리에게 명백하게 보여준 것이지만 건강
한 사회가 이룩되지 않고서야 어떻게 사람들이 건강하게
살아갈 수 있단 말인가!

　부족한 나를 이끌어주시고 이번에는 기꺼이 발문을 맡
아주신 신경림 선생님과 힘든 일을 맡아주신 창작과비평
사의 고형렬 형께 감사드린다.
　그리고 일제 말기에 쿠슈(九州)에 징병으로 끌려갔다가
어머님의 정화수와 기도로 무사히 살아오신 아버님과 만
경강변 너른 벌판에 나를 낳아주셨고 6·25전쟁의 파편자
국이 아직도 이마에 남아 있는 어머님께 큰절 올리고, 어
려운 날을 기다리며 격려해준 아내 김유진에게도 고마움
을 표하고 싶다.
　장마비에 호박 크듯 무럭무럭 자라는 한이와 강이가 아
빠의 시를 종알거리며 읽을 날을 기다려 본다.

1989년 여름
서　홍　관

창비시선 80

어여쁜 꽃씨 하나

초판 1쇄 발행/1989년 9월 15일
초판 5쇄 발행/2017년 11월 10일

지은이/서홍관
펴낸이/강일우
펴낸곳/(주)창비
등록/1986년 8월 5일 제85호
주소/10881 경기도 파주시 회동길 184
전화/031-955-3333
팩시밀리/영업 031-955-3399 · 편집 031-955-3400
홈페이지/www.changbi.com
전자우편/lit@changbi.com

ⓒ 서홍관 1989
ISBN 978-89-364-2080-2 03810